대숲 아래서

국립중앙도서관 출판시도서목록(CIP)

대숲 아래서 : 나태주 시집 / 지은이: 나태주. -- 대전 :
지혜, 2013
    p. ;   cm. -- (지혜사랑 시집)

ISBN 978-89-97386-67-3 03810 : ₩10000

한국 현대시[韓國 現代詩]

811.7-KDC5
895.715-DDC21   CIP2013019894

대숲 아래서

나태주

서 문

지난여름, 나군은 공주에서 구했노라며, 이조자기李朝磁器를 가진 것을 보았다. 그것을 들고 있는 그의 모습이 저 자신의 시세계를 안고 있는 것 같았다. 그러나 최근에 발표하는 그의 작품은 백자白磁보다는 청자青磁에 가까운 인상을 준다. 데뷔할 무렵의 소박성이 한결 세련되고, 백자의 그것보다는 투명한 서정의 깊이를 간직하고 있는 것이다.

> 우물터에 앉아 겨울 내복을 행구는
> 누이의 눈을
> 눈물 번지는 벌판에 타오르는 아지랑이
> 그 아지랑이 속을 솟아오르는 누이 눈 속의 종달새 한 마리를…

「삼월의 새」한 부분이다. 이 작품의 밑바닥에 깔려 있는 차갑도록 청초한 서정성은 청자의 그것과 통하는 것이며, 그의 완숙하리만큼 세련된 기교는 숙달된 도공과 그가 빚은 항아리의 유연한 선을 연상시키는 것이다.

나군은 1971년 〈서울신문〉 신춘문예를 통하여 데뷔한 시인이다. 궁벽진 시골에서 교편을 잡는 나군과 같은 처지에서 '신춘문예'에 당선된다는 그것 자체 놀라운 일이라 할 수 있다. 그야말로 남다른 천부의 소질과 그 자신의 심각한 노력 없이는 가능한 일이 아니기 때문이다. 하지만 그렇다 해도 그것만으로 그의 역량을 전적으로 평가할 수는 없다. 그는 신춘문예 당선시인 중에서도 한 시대의 전환을 이룰 수 있는 가능성과 사명을 띠고 등장하였다는 점에서 더욱 주목할 만한 시인이다. 다시 말하면 1960년대의 현대시가

지닌 난해성과 건조성을 탈피하고, 70년대 벽두에 그는 전통적인 서정시를 현대적인 감각으로 세련·발전시켜, 오늘의 혼매^{昏昧} 속에서 그것을 극복할 수 있는 길을 보여준 것이며 그 후로 그의 꾸준한 노력과 정진은 우리들의 기대에 어그러짐이 없었던 것이다.

또한 나군의 이와 같은 자기 세계의 성취나 업적이, 어느 면에서는 그의 문학하는 자세의 진지성과도 직결되는 것이라 할 수 있다. 그는 들뜨는 일이 없이 저 자신에게 주어진 환경 속에서 자기 세계에의 집착과 심화를 꾀하였으며, 그와 같은 침착성이 시류^{時流}에 휩쓸리지 않고, 우리들의 저변을 흐르는 정통적인 서정의 수맥을 찾아 제 것으로 이룩할 수 있었을 것이다. 필자는 그와 같은 침착성에 끝없는 신뢰를 가지는 것이다.

*

나군은 한국의 전통적인 서정시를 계승하여 오늘의 것으로 빚어놓는 희귀한 시인이다. 묵은 가지에 열리는 그의 알찬 열매는 어느 것이나 오늘의 것으로서의 참신성과 신선미를 잃지 않고 있다. 그런 뜻에서 그의 작품은 누구에게나 친근함과 신선감을 베풀어주리라 확신한다.

1973년
한강 가에서
朴木月

차례

1부 연가

2부 고향

3부 동경

• 일러두기
  한 연이 첫 번째 행에서 시작될 때는 > 로 표시합니다.

8

1부

연가

상수리나무 나뭇잎 떨어진 숲으로

오뉴월에 껴입은 옷들을 거의 다 벗어가는 그대여.
가자, 가자.
나도 거의 다 입은 옷 벗어가니
상수리나무 나뭇잎 떨어져 쌓인 상수리나무 숲으로
칡순같이 얽혀진 손을 서로 비비며.

와삭와삭 돌아눕는 낙엽 아래
그 동안 많이도 잃어진 천국의 샘물을 찾으러,
가으내 머리 감을 때마닥
뽑혀나간 머리카락들을 찾으러.

가자, 가자,
마지막 남은 옷들을 벗기 위하여
상수리나뭇잎 떨어진 상수리나무 숲으로
이젠 뼈마디만 남은
열개 스무개 발가락들 서로 비비며.
열개 스무개 마음의 뼈마디들 서로 비비며.

하일음夏日吟

나이 스물 하고도 다섯의
이 여름에
내게 있어 제일로 중요한 일은
여자들과 만나 시시덕이는 잡담이 아니고
오로지 혼자 앉아 있을 수 있는 시간들이다.
혼자의 그 하얀 잔주름들을
잘 이겨낼 줄 아는 일이다.

가슴에 피어서 좀 쑤시게 하는
분홍, 분홍, 연분홍의 안개들을
곱게 다스려
말간 이슬 한 종재기로라도
걸러내는 일이다.

비 갠 여름 점심 한나절쯤
조히,
꽃밭 귀퉁이에

초등학생용 나무의자라도 하나
가져다 놓고
꽃들이 수선 떠는 그 소리 없는
소리들의 모양새들을
착실히 구경하는 일이다.

하늘의 비늘구름들이 내려와서
자맥질하며 멱감고 나오는
꽃 속의 호수라도 한 채
찾아내는 일이다.
찾아낼 줄 아는 일이다.

다시 산에 와서

세상에 그 흔한 눈물
세상에 그 많은 이별들을
내 모두 졸업하게 되는 날
산으로 다시 와
정정한 소나무 아래 터를 잡고
둥그런 무덤으로 누워
억새풀이나 기르며
솔바람 소리나 들으며 앉아 있으리.

멧새며 소쩍새 같은 것들이 와서 울어주는 곳,
그들의 애인들꺼정 데불고 와서 지저귀는
햇볕이 천년을 느을 고르게 비추는 곳쯤에 와서
밤마다 내리는 이슬과 서리를 마다하지 않으리.
길길이 쌓이는 장설壯雪을 또한 탓하지 않으리.

내 이승에서 빚진 마음들을 모두 갚게 되는 날,
너를 사랑하는 마음까지

백발로 졸업하게 되는 날
갈꽃 핀 등성이 너머
네가 웃으며 내게 온다 해도
하낫도 마음 설레일 것 없고
하낫도 네게 들려줄 얘기 이제 내게 없으니
너를 안다고도
또 모른다고도
숫제 말하지 않으리.

그 세상에 흔한 이별이며 눈물,
그리고 밤마다 오는 불면들을
내 모두 졸업하게 되는 날,
산에 다시 와서
싱그런 나무들 옆에
또 한 그루 나무로 서서
하늘의 천둥이며 번개들을 이웃하여
떼강물로 울음 우는 벌레들의 밤을 싫다하지 않으리.

푸르디푸른 솔바람 소리나 외우고 있으리.

대숲 아래서

1

바람은 구름을 몰고
구름은 생각을 몰고
다시 생각은 대숲을 몰고
대숲 아래 내 마음은 낙엽을 본다.

2

밤새도록 댓잎에 별빛 어리듯
그슬린 등피에는 네 얼굴이 어리고
밤 깊어 대숲에는 후둑이다 가는 밤 소나기 소리.
그리고도 간간이 사운대다 가는 밤바람 소리.

3

어제는 보고 싶다 편지 쓰고
어젯밤 꿈엔 너를 만나 쓰러져 울었다.
자고 나니 눈두덩엔 메마른 눈물자죽,
문을 여니 산골엔 실비단 안개.

4
모두가 내 것만은 아닌 가을,
해 지는 서녘구름만이 내 차지다.
동구 밖에 떠드는 애들의
소리만이 내 차지다.
또한 동구 밖에서부터 피어오르는
밤안개만이 내 차지다.

하기는 모두가 내 것만은 아닌 것도 아닌
이 가을,
저녁밥 일찍이 먹고
우물가에 산보 나온
달님만이 내 차지다.
물에 빠져 머리칼 헹구는
달님만이 내 차지다.

헤진 사람아

사람아, 헤진 사람아.

너는 아침에 일어나 어지러운 잠 깨어
문을 열고
밤 사이 새로 꽃 핀 꽃밭을
바라보는 나의 잠시.
꽃잎에 고인 이슬방울들.

집없이 헤매던 어둔 골목길에서
문득 멈추어 서서 바라보는
치렁치렁 밤하늘의 별무리 한 두름.
그것에 모은 나의 눈동자.

사람아, 헤진 사람아.

너는 램프를 밝히고
책을 읽다가

문득 등피燈皮에서 만나는 얼굴.
근심스레 숙여진 뽀오얀 이마.
도톰한 귓밥.

사람아, 헤진 사람아.

너와 나와 같은 세상에
같은 하늘을 이고 살아가고 있음만을
감사, 감사하는 나의 이 시간.
네게서 출발해서
숨결 불어오드키 하는
푸르른 바람 한 줄기 속의 이 약속.

겨울 달무리

웃으면 가지런한 옥니가 이쁘던 그대,
웃으면 볼 위에 새암도 생기던 그대,
그대의 손가락에 끼웠던
금가락지 같은 달무리가
오늘은 우리의 이별의 하늘에 솟았다.

그대의 마을에서부터 오는
기러기 발가락들이 찍어놓은
발가락 도장들이 어지러운 하늘ㅅ가
오늘은 눈이라도 오시려나.
천둥호령이라도 나시려나.

울멍울멍 울음을 참던
나의 하늘에
그 때 그대를 시집 보내던 나의 마음이
오늘은 잊혀진 겨울 하늘에
흐릿한 달무리로만 어렸다.

달무리 하나로만 남았다.

초승달

아무리 생각해도
다시는 더 만날 수 없는 너.
빗속에 마주 보며 울 수도 없는 너.

어디 갔다 이제야
너무 늦게 왔니?

흰구름도 사위어지고
나뭇잎도 갈리고
그 신명나던 왕머구리 풍각쟁이들도
다 사라져 가고
마지막으로 눈이 내린 지금,

서슬 푸른 그대의
동저고릿바람
옷고름 그 아래
사향 냄새까지 묻혀 가지고

이쁜 은장돗날만
퍼렇게 베려 가지고

입도 코도 망가진 가시내야
눈썹만 시퍼렇게 길러 가진 가시내야.

봄바다

모락모락 입덧이 났나베.
별로 이쁘진 않았어도
내게는 참 이쁘기만 했던 그녀가
감쪽같이 딴 사내에게 시집 가
기맥힌 솜씨로 첫애기를 배어,
보름달만한 배를 쓸어안고
입덧이 났나베.
잡초 같은 식욕에 군침이 돌아
돌아앉아 자꾸만 신 것이 먹고 싶나베.

깊이 모를 어둠에서 등돌려 돌아오는
빛살을 바라보다가
희디흰 바다의 속살에 눈이 멀어서
그만 눈이 멀어서
자꾸만 헛던지는 헛낚시에
헛걸려 나오는 헛구역질, 헛구역질아.

>

첫애기를 밴 내 그녀가
항缸만해진 아랫배를 쓸어안고
맨살이 드러난 부끄럼도 잊은 채
어지럼병이 났나베.
착하디착한 황소눈에
번지르르 눈물만 갓돌아서
울컥울컥 드디어 신 것이 먹고 싶나베,
홉살이* 간 내 그녀가.

* 홉살이 : '후살이'의 방언.

가을 서한 · A

1

끝내 빈 손 들고 돌아온 가을아,
종이 기러기 한 마리 안 날아오는 비인 가을아,
내 마음까지 모두 주어버리고 난 지금
나는 또 그대에게 무엇을 주어야 할까 몰라.

2

새로 국화잎새 따다 수놓아
새로 창호지문 바르고 나면
방안 구석구석까지 밀려들어오는 저승의 햇살.
그것은 가난한 사람들만의 겨울 양식.

3

다시는 더 생각하지 않겠다,
다짐하고 내려오는 등성이에서
돌아보니 타닥타닥 영그는 가을 꽃씨 몇 옴큼.
바람 속에 흩어지는 산 너머 기적 소리.

4
가을은 가고
남은 건
바바리코트 자락에 날리는 바람
때 묻은 와이셔츠 깃.

가을은 가고
남은 건
그대 만나러 가는 골목길에서의
내 휘파람 소리.

첫눈 내리는 날에
켜질
그대 창문의 등불빛
한 초롱.

가을 서한 · B

1

당신도 쉽사리 건져주지 못할 슬픔이라면
해질녘 바닷가에 나와 서 있겠습니다.
금방 등돌리며 이별하는 햇볕들을 만나기 위하여.
그 햇볕들과 두 번째의 이별을 갖기 위하여.

2

눈 한 번 감았다 뜰 때마닥
한 겹씩 옷을 벗고 나서는 구름,
멀리 웃고만 계신 당신 옆모습이랄까?
손 안 닿을 만큼 멀리 빛나는 슬픔의 높이.

3

아무의 뜨락에도 들어서 보지 못하고
아무의 들판에서 쉬지도 못하고
기웃기웃 여기 다다랐습니다.
고개 들어 우러르면 하늘, 당신의 이마.

4
호오, 유리창 위에 입김 모으고
그 사람 이름 썼다 이내 지우는
황홀하고도 슬픈 어리석음이여,
혹시 누구 알 이 있을까 몰라⋯⋯.

빈손의 노래

1
가을에는 빈 뜨락을
거닐게 하소서.

맨발 벗은 구름 아래
괴벗은* 마음으로
주머니에 손을 찌르고 들길을 돌아와
끝내 빈손이게 하소서.

가을에는 혼자 몸져 앓아누워
담장 너머 성한 사람들 떠드는 소리
귀동냥해 듣게 하소서.

무너져 내린 꽃밭 귀퉁이
아직도 분명 불타고 있을 사르비아꽃 대궁이에
황량히 쌓이고 있을
이국의 햇볕이나

속맘으로 요량해 보게 하소서.

2
들판이 자꾸 남루를
벗기 시작하는데,
나무들이 자꾸 그 부끄러운 곳을
드러내 보이기 시작하는데,

내 그대 위해 예비한 건
동산 위에 밤마다 솟는
저 임자 없는 달님뿐이다.
새로 바른 문풍지에 새어나오는
저 아슴한 불빛 한 초롱뿐이다.

누군가의 어깨가 어둠 속으로 사라져 가는데,
누군가의 발자국이 어둠 속에서 돌아오는데,

이 가을 다 가도록
그대 위해 예비한 건
가늘은 바람 하나에도 살아 소근대는
대숲의 저 작은 노래뿐이다.

아침마다 산에 올라
혼자 듣다 돌아오는
키 큰 소나무
머리칼 젖은 송뢰뿐이다.

3
애당초 아무 것도
바라지 말았어야 했던 걸 모르고
너무 많은 걸 꿈꾸다가
너무 많은 걸 찾아다니다가
아무 것도 찾지 못하고 만
이제 또 가을.

>
　문지방에 풀벌레 소리
　다 미쳐 왔으니
　염치없는 손으로
　어느 들녘에 가을걷이하러 갈까?

　허나, 더 늦기 전에
　나도 들로 내려
　드디어 낭자히 풀벌레 소리 강물 된 옆에
　실개천 물소리 되어 따라 흐르다가
　허리 부러진 햇살이나
　주머니에 가득 담아가지고
　한나절 흥얼흥얼 돌아올거나.

　오는 길에 그래도
　해가 남으면
　산에 올라 들국화 몇 송이 꺾어 들고
　저승의 바닷비린내 묻어오는

솔바람 소리나 두어 마지기 빌려다가
내 작은 뜨락에
내 작은 노래 시켜볼거나.

* 괴벗은 : '헐렁한, 풀어진 듯한'의 뜻.

진눈깨비

식을 대로 식어버린 그대 입술의
마지막 돌아서던 그 키스에
이승에선 다시 안 볼 사람 앞
맵고 짜던 그 눈총 속에
어쩌면 얌전하디얌전하게
잠들어 있었을지도 모르는 그 진눈깨비 한 마장.

용케도 안 잊어먹고
하늘의 그 어드메 삼수갑산쯤에서
들키지 않게 숨어 있다가
오늘에사 나를 찾아오시는
이 시늉, 이 매질들인가.

누구의 선 귀때기나 울려주려고
누구의 슬픔에 뿌리를 달아주려고
느지막이 이 투정, 이 안달들인가.

그러나 이제는
적셔도 젖지 않을 눈물,
울려도 울지 않을 나의 삼경三更.

서리무지개 서서
줄기줄기 무리져서
이승에선 다시 안 볼 사람 앞
매질하며 달려오시는 그대.
고꾸라지며 맨발 벗고 내게 오시는 그대.

춘곤

봄은 조는
조는 댓잎
눈물 언저리.

하늘에 사시는
젊디젊은 우리 하느님
그 첩첩산중의
숨은 눈썹에
꽃가루
날리는 꽃가루.

곱사등이 우리 임의
나비떼, 노랑노랑 나비떼,
아직도 쾌유되지 않은
척추 카리에스.

입추

주린 배 꾸부려 줄줄이
동구 밖까지 따라나서는
미루나무들의 저녁에,
다리 오그려 쌔액쌔액 암행하는
겁 많은 일렬 기러기들의 저녁에,
징소리 앞세워
보름달님 데불고 나오시는
당신은 도대체 누구신가.

눈도 코도 모르는
시커먼 하늘의 참대밭 속
찍소리도 못하게
죽지 꺾어 처박아 두었던 보름달님을
둥둥 장고 쳐 우리 앞에 다시 떠올리시는
당신의 저의는 과연 무엇인가.

나날이 영글어가는 달님을 따라

머잖아 텃밭에 대추가 골붉고 밤도 송이 버는 날
　눈가에 몰린 핏기조차 씻어버리고
　남의 밤나무 밭에 숨어 들어가
　바지랑대로 밤을 털어다 소포로 싸서
　올해도 우리 서울여자에게 선물해 보내라 하시는 말씀
인가,
　삭정가지 실어 나르는 까치발가락 끝에
　목마른 소식을 전해들으라 하심인가.

꽃

1

만약 내 편에서 프로포즈라도 한다면
고려해 보겠노라는 여자야,

만약 얼빠진 정신으로
내 그대에게 프로포즈라도 한다면
그 때 그대는
단호히 나의 청을 거절할 수 있어야 한다.
그게 무슨 말이냐고
발끈 화를 내며
절교라도 선언할 수 있어야 한다.

그래야만 그대는 내게 있어
더 오래도록 아픈 꽃일 테니까!

2

너는 왜 내 앞에서

시집 안 오겠다며
눈물 젖은 눈 글썽이는지?

집이 시골이고
직업이 초등학교 선생이라서
내 각시 되지 않겠다면 그만이지,
왜 자꾸 울기만 하는지?

내사 참말 니 맘
모르겠다 모르겠다.

우는 여자
너 그렇게 서러운
내게는 꽃일 줄이야.

칡꽃

1
내 자칫하면
시대 착오자로 낙인찍힐 얘기다만,
군대 막사처럼 황량하고 위태롭게 가려진
길거리의 여자들 알 다리 행렬,
공부삼아 보느라 지친 눈초리, 이젠 거두어
산 속에 와 호젓이 칡꽃이나 바라보기로 한다.

칡꽃 속에 무명옷 입고
흰 버선 신고 여기 사시던 이
고른 숨 고른 웃음 고른 이빨들
모두모두 불러내 앞세우고서
함께 산길이나 거닐어 보기로 한다.
함께 맨 처음의 하늘 아랜 듯
마주 서서 눈이나 맞추어 보기로 한다.

2
참말은 그대
내 앞에서 미친 바다였다가,
내 앞에서 바람난 계집이었다가,
비수같이 푸르른 초승달 하나였다가,

참말은 또 그대
몇 송아리 칡꽃으로 재주를 넘어
열두 번째 내 앞에 나와 섰구나.
열두 번째 내 앞에 웃고 있구나.

나 이래도 몰라보시겠어요?
말하는 듯이 말하는 듯이.

상강

갑자기 눈이 밝아져 귀가 밝아져
마른 풀덤불 속 다리 뻗은 무덤
다시 생각나야 할 때.
따신 햇볕살 익어가는 하이얀 촉루
다시 그리워야 할 때.

그대를 잊어버려 아주 뿌리째 잊어버려
세수하고 난 어느 날 아침
수건으로 코피를 닦으며
그대 생각 다시 새롭게 떠올리기 위하여.

피 먹은 골짜기 너머
미리 띄워둔 몇 송이 조각구름
빨간 등산복이라도 하나 사서 입혀
멀리 떠나보내고,

동산 위 무덤 밖

들국화 같은 것 세워둔 채,
형용사며 부사 따위 벗어둔 채,
명사와 대명사로만 앙상히 누워 있어야 할 때.

열일곱 살 처녀귀신
대추나무 가지에 목을 매달면
우리도 여봐란 듯이
죽어줘야 할 때,
죽어줘야 할 때가 천천히 오느니—.

2부

고향

어머니 치고 계신 행주치마는

어머니 치고 계신 행주치마는
하루 한 신들 마를 새 없어,
눈물에 한숨에
집 뒤란 솔밭에 스미는
초겨울 밤 솔바람 소리만치나
속절없이 속절없어……

봄 하루 허기진 보리밭 냄새와
쑥죽 먹고 짜는 남의 집 삯베의
짓가루 냄새와 그 비린내까지가
마를 줄 몰라, 마를 줄 몰라.

대구로 시집 간 딸의 얼굴이
서울서 실연하고 돌아와 울던 아들의 모습이
눈에 박혀 눈에 가시처럼 박혀
남아 있는 채,
남아 있는 채로……

\>

이만큼 살았으면
기찬 일 아픈 일은 없으리라고
말하시는 어머니, 당신은
오늘도 울고 계시네요.
어쩌면 그렇게 웃고 계시네요.

솔바람 소리 · A

내 예닐곱 살 무렵
책 보퉁이 둘러메고
학교길 오고 가며
소나무 아래 와서 듣던
그 소나무 솔잎에 부서지던
솔바람 소리.

오늘, 어른이 되어
고향에 들른 짬에
다시 와서 들으니
그제 이제 하낫도 변한 것 없는 목청으로
여전히 단군왕검 시절의
태백산맥 줄기를 가로지르던
그 소리 그대로 살아 있음을 듣고
천 년 하고도 한 오천 년쯤은
너끈히 살아갈 수 있는
질긴 목숨을 생각한다.

\>

지금도 병풍 속에 앉았다
마악 눈을 털고 날아온
학이 한 마리,
눈 덮인 산하를 가로지르는
그 날갯짓 소리 그대로
하낫도 목쉬거나 녹슬지 않게
살아 있음을 듣게 된다.

솔바람 소리 · B
— 윤야중 은사님*

마른 길을 가거나
젖은 저자거리를 가거나
가다가 나 혼자 호젓하면
솔바람 소리 한 마디쯤 외워야 했다.

수많은 바람의 안타까운 흐느낌들을
조용히 몸으로 받아 흔들던
그 소나무
내 고향의 그 소나무들.

다 못 푼 울음일랑
죽지 꺾어 앉히면
자수병刺繡屛 열두 폭에
소리하는 여울이 되고
이슬 묻은 하이얀 목련이 되는,

어린 날의 내 어머니

아스므레한 젖 그늘의
지금은 비워둔 술병
그 항아리 배에 덩그러니 스미는 소리.

혹은, 저승에서부터 불러 가지고
기러기 발가락 끝에 동무해 오는
겨울바다 뒤척임 소리……

마른 길을 가거나
젖은 길을 가거나
가다가 외진 골목에선
바람 속에 휘파람 불며 서 있던
내 고향의 솔바람 소리 한 마디쯤
외워야 했다, 외워야 했다.

* 윤야중 은사님 : 공주사범학교 시절의 국어선생님.

솔바람 소리 · C

겨울의 소나무 솔잎의 바늘 끝에는
스무 해도 훨씬 전에 돌아가신
외할아버지의 혼령이 살아 계신다.
저승에도 못 가고 스무 해 넘게 헤맨 나머지
비로소 솔잎 끝에 촛불을 밝힌
그 분의 피와 살이 묻어난다.

술이 취하면 흥얼흥얼 푸념도 하고
투정도 해 보이는
이승을 못내 못 떠나시고
장성한 외손이 보고 싶어
소나무 솔잎 끝에 맴을 돌며 흐느끼는
이제는 검은 머리카락뿐인 그 분의 얼굴이 보인다.

내가 세 살 때 봄이니까,
지금부터 스물네 해 전
골수에 병이 깊어 지팡이 짚고

마당에 내려 마지막 해바라기를 하시던 그 날
마당 가득 만조 되어 일렁이던 햇볕,
외할아버지의 저승에도 비추고
세 살배기 내 눈에도 비추던 그 햇볕,
외할아버지 따라 저승의 문턱까지 갔다가
다시 외할아버지 따라 이승으로 내려왔는가.

햇볕은 또 소나무 아래
다시 천길 낭떠러지로 고여
그 날인 양 그 날인 양
일렁이고 있으니 말이다.

들국화

객기 죄다 제하고
고향 등성이에 와
비로소 고른 숨 골라 쉬며
심심하면
초가집 이엉 위에 드러누워 빨가벗은
박덩이의 배꼽이나 들여다보며
웅얼대는 창자 속 핏덩일랑
아예 말간 이슬로 쓸어버리고
그렇지!
시장기 하나로
시장기 하나로
귀 떨어진 물소리나
마음 앓아 들으며
돌아앉아 후미진 산모롱이쯤
내가 우러러도 좋은
이 작은 하늘, 이 작은 하늘아.

노상에서

길을 가다가
눈이 이쁜 새각시라도 만나거든
눈설은 남의 아낙이라도 만나거든
그의 귀밑볼만 잠깐 훔쳐보고
한켠으로 비키어 서서
먼 눈으로 하늘의 구름이나 바라자.

길을 가다가
귀가 이쁜 이웃집 아낙을 만나거든
해 묵혀둔 미투리에
바지 저고리 꺼내 입은 맵시 그대로
길 한켠에 비키어 서서 뒷짐이나 지고
나 부끄리어 붉게 물든 가을산의
허리통이나 올려다보자.

눈썹이 이쁜 이웃의 아낙을 만나거든
너무 욕심 부리지 말고

한 번만 보고
두 번 또 보는 것은
조금씩 애껴두기로 하자.

어린 날에 듣던 솔바람 소리

시래기밥 먹고
마당가에 나온 겨울 저녁이면
일기 시작하는 솔바람 소리,
아아, 저절로 배부르구나.

호롱불 어둑한 부엌에서
설거지하던 어머닌
어디 가셨나?
또 군대 가신 아버지 생각에
장독대 뒤로 눈물 닦으러 가신 게지.

밥을 많이 먹으면
쉽게 하품이 나와
방에 다시 들어와
어둑한 등불빛 아래
다시 듣는 솔바람 소리면
아아, 졸립구나 졸립구나.

\>

자리끼가 떵떵 어는 추위에도
어기잖고 또 아침은 와
눈덮인 산에서
기어 내려오는 솔바람 소리,
어쩐지 배 고프구나 고프구나.
시래기밥 먹은 배
쉽게쉽게 쓰리구나.

내 고향은

내 고향은
산, 산,
그리고 쪽박샘에
늙은 소나무,
소나무 그림자.

눈이 와
눈이 쌓여
장끼는 배 고파
까투리를 거느려
마을로 내리고

눈 녹은 마당에서
듣는
솔바람 소리.

부엌에서 뒤란에서

저녁 늦게 들려오는
어머니 목소리.

꽃밭

봄 어느 날 마당 귀퉁이를 일구고 거름흙을 섞어 아버지
가 만드신 한 평짜리 꽃밭에 나는 집집마다 돌아다니며 꽃
모종을 얻어다 심었습니다. 꽃들은 좋아라 잘 자랐고 꽃송
이도 제법 많이 달아주었습니다. 비 오는 날 같은 때, 아버
지는 새로 꽃핀 그것들을 신기한 듯 유심히 바라보시곤 하
십니다. 살림에 찌들은 깊은 주름살도 꽃물이 들어, 오랜
중풍으로 병든 신경에도 풀물이 들어 어쩌면 꽃들이 아들
딸로 보이시는가…… 아버지는 생땅에 일군 꽃밭이고 우
리 형제는 그 꽃밭에 피는 꽃송이들. 그렇게 바라시는 마
음, 그렇게 바라며 사시는 하늘 같은 마음아.

짚불 피워 구들을 달군 뒤

짚불 피워 구들을 달군 뒤
조이문에 불을 밝히니
대숲에 깃을 찾은 산새떼
지줄거리고 *
둥기둥, 꿈결인 양 달이 솟는다.

칭얼대는 생활이야 저만큼
담장 아래 잠재워두고
오랜만에 만난 정만
새각싯적
동정이 밝아오던 수줍음이라,

오호, 두 귀 빨개져
동동동 발을 구르며
저녁 안개 더불어 마중 나오는
니는 누구의 조강지처뇨!

\>

찬물에 설거지하고
행주치마에 훔치는 손
내 녹여 줄게 이리 주구려.

* 지줄거리고 : '지절거리고'의 충청도 방언.

등 너머로 훔쳐 듣는 대숲바람 소리

등 너머로 훔쳐 듣는 남의 집 대숲바람 소리 속에는
밤 사이 내려와 놀던 초록별들의
퍼렇게 멍든 날갯죽지가 떨어져 있다.
어린 날 뒤울안에서
매 맞고 혼자 숨어 울던 눈물의 찌꺼기가
비칠비칠 아직도 거기
남아 빛나고 있다.

심청이네집 심청이
빌어먹으러 나가고
심봉사 혼자 앉아
날무처럼 *끄들끄들* 졸고 있는 툇마루 끝에
개다리소반 위 비인 상사발에
마음만 부자로 쌓여주던 그 햇살이
다시 눈 트고 있다, 다시 눈 트고 있다.
장승상네 참대밭의 우레 소리도
다시 무너져서 내게로 달려오고 있다.

>
등 너머로 훔쳐 듣는
남의 집 대숲바람 소리 속에는
내 어린 날 여름 냇가에서
손바닥 벌려 잡다 놓쳐버린
발가벗은 햇살의 그 반쪽이
앞질러 달려와서 기다리며
저 혼자 심심해 반짝이고 있다.
저 혼자 심심해 물구나무 서 보이고 있다.

매미 소리

쏘내기 맞고 오는
한산 세모시
치마 저고리.
가는 눈썹이 곱던 어린 시절의 내 어머니.

베를 짜고 계셨다,
호박넌출 기웃대는 되창문 열고
어쩌면 하이얀 그림이나처럼.
땀도 흘리고 숨도 쉬는 꽃송이나처럼.

아버지 군대 가시고
남겨진 우리 네 남매
보리밥도 없어 서로 많이 먹으려다 다투고
어머니한테 들켜 큰놈부터 차례로 매 맞아
시무룩히 베틀 아래 놀고 있는 한낮,

무성히 자라난 여름 수풀 속

그 해 따라 유난히 무성하던 매미 소리여.
울다만 눈으로 바라보던
옷 벗은 흰구름의 알몸뚱이들이라니!

3부

동경

과원

이 곳은 제일로 겸허하고 손이 크신
하느님의 나라이시다.
빛나며 흐르는 그 분의
융륭融融한 강물이 차지한 유역流域이다.
제일로 지순한 눈빛을 가진 태양들이
익어가는 뜨락이다.

자갈밭으로부터
예쁜 계집애의
잠든 눈썹 아래 호숫물을 수없이 밀어올리고,
부끄러운 손 아래 붉은 것들을 익게 하시고,

해서, 그 잘 익은 눈매들은 땅 위에
수없이 많은 태양으로 반짝이기도 하고
하얀 시이트 위 창백한 천사의
시든 눈빛도 소생시킨다.

＞

물론 이 곳은
울퉁불퉁한 나무들의 마을이지만
지극히 겸허한 하느님의 손이 다스리는 나라이시다.
또한 겸허한 천사들이 눈을 트기도 하고
죽어가기도 하는 곳이다.

삼월의 새

삼월에 우는 새는 새가 아닙니다.
나뭇가지 끝에 걸린
그것들은 나무의 열매들입니다.
이 가지 저 가지로 옮겨 앉으며
울 줄도 아는 열매들입니다.

시방 새들의 성대聲帶는
부글부글 햇살을 끓이고 있고
햇살은 새들의 몸뚱이에 닿자마자
이슬방울이 되어 퉁겨납니다.
새들의 울음 소리에 하늘은 모음으로 짜개집니다.

보셔요,
우물터에 앉아 겨울 내복을 헹구는
누이의 눈을.
눈물 번지는 벌판에 타오르는 아지랑이
그 아지랑이 속을 솟아오르는 누이 눈 속의 종달새 한 마리를……

삼월에 우는 새는 새가 아닙니다.
나뭇가지 끝에 걸린
울 줄도 알고 날 줄도 아는
그것들은 벌써
우리 마음속에 그려진 하나의 과일들입니다.

달밤

어수룩히 숙어진 무논 바닥에
외딴집 호롱불 깜박이는
산이 내리고

소나기처럼 우는
개구리 울음에
물에 뜬 달이 그만 바스라지다.

달밤.

안개는 피어서 꿈으로 가나,
물에 절은 쌍꺼풀눈
설운 네 손톱을,

한 짝은 어디 두고
홀로이 와서
입안에 집어넣고 자근자근 씹어주고 싶은

네 아랫입술 한 짝을,

눈물 아슴아슴
돌아오는 길.

어디서 아득히 밤뻐꾸기 한 마리
울다말다 저 혼자도 지치다.
나 혼자 이슬에 젖는 어느 밤.

죽림리

하루에도 몇 번씩 찾아가
풀밭에 몸을 눕히곤 하는 날이 많아졌다.

지친 것 없이 지친 마음
바닷가에 나가 게를 잡다 돌아온 바람처럼
차악, 풀밭에 몸을 눕히면
한 마리 풀벌레 울음 속에
자취 없는 목숨
차라리 눈물겨워서 좋다.

내 이제 그대에게
또 무슨 약속을 드리랴!
해가 지니 대숲에
새삼스레 바람이 일 뿐.

초저녁의 시

어실어실 어둠에 묻히는 길을 따라
가긴 가야 한다.
귀또리 소리 아파 쓰러진 풀밭을 밟고
새록새록 살아나는 초저녁 별을 헤이며.

그대 드리운 쌍꺼풀 눈두덩의 그늘 속으로,
아직도 고오운 옷고름의 채색구름 속으로,

어실어실 어둠에 묻혀 쓰러지는
길을 따라
날마다 날마다 가지만
결국은 다 못 가기 마련인 그대에게로
어실어실 어둠에 묻혀 가긴 가야 한다.
어실어실 어둠에 스며 끝내 그대에게만
가기는 가야 한다.

언덕에서

1

저녁때 저녁때
저무는 언덕에 혼자 오르면
절간의 뒤란에 켜지는
한 초롱의 조이등불이 온다.
돌다리 내려 끼울은 석등石燈에 스미는
귀 떨어진 그 물소리,
내게 스민다.
숲의 속살을 탐하다 늦어버린
바람의 늦은 귀가歸家가 온다.

2

아침에 비,
머리칼이 젖고
오후 맑음,
언덕에 올라 앞을 막는 바람 한 줄기.
나무숲에서 새소리 난다.

새소리 끝에 묻어나는 숲의 살내음.
아아, 누구든지 한 사람 만나고 싶다.
누구든지 한 사람 만나고 싶다.

3
오늘은 불타는 그대의 눈
그대의 눈썹.

엷은 풀냄새 나다,
여린 감꽃냄새 나다,
그대 머리칼.

까맣게 잊어먹었던
그대 분홍 손톱에 숨겨진
아직도 하얀 낮달이 한 개.

찾아가다 찾아가다

길 잃고 주저앉은 산골 속
햇볕에 불타는 노오란 산수유꽃길
그대의 눈.

이제사 잠든
대숲바람 소리
그대의 눈썹.

수국

― 누이 연주에게

허투로 슬퍼 말아야지.
허투로 마음을 주지 말아야지.

마음 깊이 하고픈 말일수록
더욱 말하기를 삼갈 일이요,

수다스런 바람의 희롱 앞에서도
행여 웃음일랑 팔지 말아야 했다.

차라리 독한 향기는
치마 끝에 차는 것!

초춘

대숲에 성근 싸락눈발은
먼 나라에 사시는 당신의 자취.

지층 밖 구천에서부터
길채비해 오시는 기별.

아, 이게 얼마만인가
댓잎마다마다에
달뜨고 영그는 생각,
생각들.

저만큼 엄동을 가르며
오다 말고 오다가 말고
차마차마 잦아드는
안타까운 이 소식아.

아직은 초봄이라

당신의 체취
이마에 시립다.

아침

1
밤마다 너는
별이 되어 하늘 끝까지 올라갔다가
밤마다 너는
구름이 되어 어둠에 막혀 되돌아오고

그러다 그러다
그여히
털끝 하나 움쩍 못할 햇무리 안에
갇혀버린 네 눈물자죽만,

보라! 이 아침
땅 위에 꽃밭을 이룬
시퍼런 저승의 입설들.

2
끝없이 찾아 헤매다 지친 자여.

>

　그대의 믿음이 끝내 헛되었음을 알았을 때
　그대는 비로소 한 떼의
　그대가 버린 눈물과 만나게 되리라.

　아직도 귀엽고 사랑스러운
　아직은 이루어져야 할
　언젠가 버린 그대의 약속들과 만나리라.

　자칫 잡았다 놓친
　그 날의 그 따스한 악수와
　다시 오솔길에 서리라.

겨울 연가

한겨울에 하도 심심해
도로 찾아 꺼내 보는
당신의 눈썹 한 켤레.
지난 여름 아무리 찾아도 찾을 수 없던 그것들.

움쩍 못하게 얼어붙은
저승의 이빨 사이
저 건너 하늘의 한복판에.

간혹 매운 바람이 걸어놓고 가는
당신의 빛나는 알몸.
아무리 헤쳐도 헤쳐도
보이지 않던 그 속살의 깊이.

숙였던 이마를 들어 보일 때
눈물에 망가진 눈두덩이.
그래서 더욱 당신의 눈썹 검게 보일 때.

＞

　도로 찾아 드는
　대이파리 잎마다에 부서져
　잔잔히 흐느끼는
　옷 벗은 당신의 흐느낌 소리.
　가만가만 삭아드는 한숨의 소리.

신과원

1

하느님은 이 곳에
개심형開心型으로 혹은 원추형圓錐型으로
그이의 몸을 푸시고 나서
튼실한 머슴이 되어
커다란 전지가위를 들고 나와
늦가을날 한낮을 전지도 하시고
똥지게로 인분을 퍼다가
이른 봄 밑거름을 주기도 하신다.

2

하느님은 또 이 곳에 오셔서
여름 아침 햇살 퍼지기 전
발가벗은 동자가 되어
키들거리며 나무 밑을 걸어다니다가
그만 바람에 들켜버린 알몸뚱이가 부끄러워
나뭇가지 위로 도망가선

나뭇잎 사이 잘 익은 사과알 속에
숨어버리기도 하신다.

3
이 곳에서의 나의 하느님은
장난도 곧잘 하는 애기 하느님이시다.
나뭇가지에 그네를 매달고 나뭇가지를 흔들기도 하고
멀쩡한 과일을 툭툭 건드려 떨어뜨리기도 하고
아침에 갈아입은 옷 어느 골목에 가서
뉘집 애들과 어울려 물장난을 했는지
흙투성이로 후질러 가지고
어실어실 울며 돌아오기도 하는,
또 금방 기분이 좋으면 나뭇잎 사이에 숨어
바람아, 나 찾아봐라
살랑살랑 나뭇잎을 흔들어 보이기도 하는,
나의 하느님은 장난꾸러기 애기 하느님이시다.

약속

노랑이 만선滿船된 은행나무 뒤에 숨어
너는 기다리고 있었다.
자꾸만 그 쪽으로 가고파 하는 나를
너는 가만히 웃고 있었다.
은빛 날개 파닥이는 바다를 등에 진 채
....
그러나 너는 끝내 거기 없었다.

우물터에서

그 동안 당신이 많이도 잊어먹은 것은
구름을 바라보는 서거픈 눈매.
눈 덮인 골짝에서
부서져 내리는 돌바람의 귀
푸들푸들 깃을 치는 눈[雪]의 육체.

그 동안 당신이 많이도 잊어먹은 것은
책 한 권 아무렇게나 손에 들고
저무는 언덕길로 멀어져 가던 뒷모습.
초가집 뒤울안에 곱게 쓸리는 대숲의 그늘.

오시구려, 오시구려,
그렇게 멀리서
억뚝억뚝 바라보며 서 있지만 말고
흰구름이라도 하나 잡아타고
그 동안 많이도 잊어먹은 것들을 가지러
오시구려,

아직도 우물터가 그리운 사람아.

보리추위

싸리꽃 필 때 오동꽃 필 때
오슬오슬 살로 오는
살추위.

싸리꽃 분홍에 얹혀
오동꽃 보라에 얹혀
살살살 살을 파는 살추위.

고구려에 사시던 임이
예서 이렇게 나와 이 아침
러닝셔츠 바람으로 만나라고
일찍이 맞추어 보내신
이만큼의 살떨림 한 떼.

지금도 고구려의 하늘에 사시는
나어린 내 임이
자네 그 동안 강녕康寧하신가,

멀리 물어오시는 안후安候.

보리모개 팰 때 보리누름에 실려
쑥꾹새 울음 울 때 쑥꾹새 울음 속에 고개를 넘어
오슬오슬 살로 오는 살추위
얌전하디얌전한 보리추위 한 떼여.

오월 아침

살아 있는 나무들의 혼령이
시퍼렇게 으깨진 이내[嵐]의 아침.

하늘은 나무들 사이
깊은 우물로 고여
두레박으로 퍼내는 숨소리뿐이다.
절벽 앞에 다다라
다급해진 숨소리 하나뿐이다.

개구리 모여 우는 무논 구석에
진달래꽃 진 가지 푸름에 갇혀
허덕이는 허덕이는
이제는 거의 다 하늘로 증발해 가는,

나뭇잎의 수런거림뿐이다.
새로 돋은 초록 속에 빨려들어가
몰아쉬는 몰아쉬는 숨소리 하나뿐이다.

>

이제는 하늘 나라에서부터 울려오기 시작하는
목소리뿐인 당신.
언뜻언뜻 새울음 속에 숨어 빛나기도 하는
맑으신 당신의 눈매.

잡목림 사이

봉지 안 쓴 배들이 익어가는 배밭 너머
쏘내기에 씻겨진 하늘,
흰구름 떼 달려와 비늘을 털고
자작나무, 물푸레나무, 떡갈나무 같은 것들
서둘러 옷 벗고 나서는 곳.

오너라,
니 작은 어깨 움츠려뜨리고
아까부터 문턱에서 성가시게 조르던
아이야.
생채기진 무르팍 맥시풍의 긴 치마로 가리우고
치렁치렁 잡목림 사이
또 하나 새로운 나무가 되어.
또 하나 싱그런 구름이 되어.

우리의 구겨진 약속이 떨어져 있는 거기,
우리의 철없던 눈물의 찌꺼기 스며 있는 거기,

아아, 우리의 달뜨던 숨소리
우리의 가슴 떨리던 기쁨의 나날들
나란히 나란히 팔베개로 누워 죽은 거기로.

흰구름

오, 너 참
오래도 거기 있었구나.

들판에 나가 구부려
풀을 뽑다 저린 허리
몸 일으켜 바라보아 줄 때까지
시장한 눈이 되어 바라보아 줄 때까지
나를 기다려.

구제舊制 국립공주사범학교
은행나무 줄지어 선 교문 앞길
이슬을 털며 등교하던
재잘재잘 초등학교 예비 여선생님들.

이름이 무어던가, 잊혀진
혀 끝에 아물아물 난이, 숙이, 섭이,
남자 이름 같던 용이,

101

혹은 헤르만 헷세 시집 속의
눈이 어글어글하던 에리자베이트.

그녀들의 깃 넓은 감색 교복만
빛나는 이마 하나로만 남아
오, 너 참
오래도 거기 기다려 있었구나.
나의 소녀, 흰구름아.

오월에

1
찰랑찰랑
애기 손바닥을 흔드는
미루나무 속잎 속에
초집 한 채가 갇혔다.

하이얀 탱자꽃 내음에
초집 한 채가
또 갇혔다.

들머리밭엔
노오란 배추꽃
바람.

햇살 남매 모여 노는
초지붕 그 아랜
작은 나의 방.

2
치렁치렁
보릿고랑에 바람 흘러간다.
내 작은 마음 흘러간다.

길슴한 보리모개 사이로
보얗게 목이 팬 그리움.
부질없이 화사한 고전의 의상.

웃으며 네가 웃으며
나래 저어 올 것만 같은 날에.
머리칼이라도 조금 날릴 것 같은 날에.

3
푸른 언덕이 뱉어놓은 흰구름덩이.
흰구름덩이 속으로 다이빙해 들어가는
새끼 제비의 비행 연습.

네 생각하다 잠들었다, 오후.
문득 시계풀꽃 * 내음에 흩어지는
나의 꿈.

4
누군지 모를 이 기다리고 있을까 싶어
언덕에 나와 휘파람 불면
눈썹까지 그득히 고여 오는 한낮의 바다
글썽이며 눈물 글썽이며 따라 나서고
금은의 햇살을 실어 나르는 조각배,
바람만 잡아 돌아온다.
바람만 잡아 돌아온다.

5
바람에 머리칼 날리는
자작나무의 귀밑볼은
희다.

>
바람에 스커트 자락 날리는
자작나무의 속살은
눈부시다.

바람에 풀어헤친
자작나무의 흰 가슴은
날아갈 듯 부풀었다.

* 시계풀꽃 : 크로바꽃.

다시쓰는 후기
나태주

다시쓰는 후기

나태주 시인

    시집 『대숲 아래서』는 1973년도에 출간된 나의 첫 시집이다. 1971년 〈서울신문〉 신춘문예를 통해 데뷔했으므로 등단 3년 만에 낸 시집이다. 당시, 박목월 선생은 한국시인협회 회장의 일을 맡고 계셨는데 시인협회에서는 시인들의 시집을 시리즈로 내주고 있었다. 꼭 그 시리즈를 겨냥한 것은 아니지만 나도 시집을 내고 싶었다. 그래서 신춘문예 심사위원이기도 했던 박목월 선생께 시집 출간의 일을 상의 드렸다. 그랬더니 시집 시리즈는 계획이 끝이 나 있어 참여시켜 줄 수 없으니 자신이 알아서 시집을 내라는 말씀을 주셨다. 대신 시집의 서문을 써주마 하셨다.

    그 당시는 시집을 푼푼하게 내주는 출판사가 없었다. 〈월간문학〉이라든지 〈현대시학〉이라든지 문학잡지사가 시집 출간의 일을 대행해주고 있었다. 선배시인인 이건청이나 오세영 같은 시인들이 그런 경로로 시집을 내는 것을 보았다. 나는 〈현대시학〉 주간을 맡고 있던 전봉건 선생을 찾아갔다. 그리고는 국판과 종서체제로 중질지를 사용하여 500부 한정판 시집을 찍기로 선생과 계약했다. 아버지한테 쌀 열 마가니 값인 16만원을 빚을 내어 전 선생께 드렸다. 그런데 내가 맘이 변하여 종이를 백색모조지로 바꾸고 부수 또한 700부로 바꾸었다.

계약 위반이었다. 그러나 전봉건 선생은 통 크게 그러한 나의 요구를 모두 들어주셨다. 그러면서 선생은 이렇게 말씀을 하셨다. "나 형과 내가 이걸로 모든 관계가 끝난 것이 아니잖소?" 그때는 그저 그 말이 고맙기만 했는데 두고두고 생각해볼 때 전봉건 선생은 참 좋은 선배시인이란 생각을 사무치도록 갖게 된다. 그러면서 나는 오늘날 그런 선배시인이 되지 못함을 못내 부끄럽게 생각하곤 한다. 이렇게 박목월 선생과 전봉건 선생의 은혜를 입어서 이 시집이 세상에 나온 것이다. 시집의 반응은 그런대로 좋았다. 첫 시집이 좋아야 그 시인의 출발이 좋은 법인데 나에게 첫 시집 『대숲 아래서』는 딸이 아니고 아들이어서 두고두고 효도하는 시집이 되었다. 두루 감사한 일이다.

그동안 시집 『대숲 아래서』는 네 차례에 걸쳐 판을 거듭해서 책으로 나왔다. 첫 번째는 위에서 밝힌 대로 1973년 예문관이란 출판사를 통해서였고, 두 번째는 1982년 성안당(사주: 조완호 시인)이란 출판사를 통해서였고(이 책에는『대숲 아래서』에 실린 시편에다가 두 번째 시집인『누님의 가을』이란 시집에서 일부 시를 뽑아 4부와 5부를 삼았다.), 세 번째는 1987년 청하출판사(사주: 장석주 시인)를 통해서였다. 이 시집은 완전히 합본시집 형식인데 첫 시집『대숲 아래서』와『누님의 가을』을 합하여 한 권의 책으로 만들었으며 그 제목도 완전히 바꾸어『우리 젊은 날의 사랑아』로 했다. 네 번째는 나 자신의 필요에 따라 자비출판으로 했는데 1995년 대전의 분지출판사(사주: 안현심 시인)란 데서 손바닥 크기의 소형 책자 형식을 빌렸으며 그 안에 내가 만든 어줍잖은 판화를 삽화로 끼워 넣기도 했다.

그래서 이번에 내는 책은 다섯 번째 책이 된다. 마침 올해는 이 시집이 세상에 나온 지 마흔 돌이 되는 해이다. 모든 책이 절판되었음은 물론. 그래서 나름 그 40년을 기념하여 다시 한 번 이 시집을 책으로 만들려고 한다. 나 자신 잊을 수 없는 시집이고 또 내 시의 원점이 되는 책이므로 늘 마음이 여기에 가 있곤 했다. 지혜출판사의 반경환 선생이 도와주어서 다시금 책을 내게 되었다. 감사한 노릇이다. 책의 내용이나 체제는 완전히 첫 번째 책을 기준으로 삼았다. 역시 나는 나의 책을 두고서 간절한 마음으로 소망한다. 나의 시여, 나 비록 세상에서 사라진 날에도 너는 오래 살아 남아 부디 건강하거라. 멀리 축원의 마음을 보낸다.

나태주

나태주는 1945년 충남 서천에서 출생하여 1963년 공주사범학교를 졸업하고 1964년부터 43년간 초등학교 교직생활을 하다가 2007년 공주 장기초등학교 교장으로 정년퇴임을 했다.

그는 또 1971년 〈서울신문〉 신춘문예에 시가 당선되어 시인이 되었으며 1973년도에 낸 첫 시집 『대숲 아래서』이래 『시인들 나라』, 『황홀극치』, 『세상을 껴안다』 등 시집 33권을 출간했고, 산문집 『시골사람 시골선생님』, 『풀꽃과 놀다』, 『시를 찾아 떠나다』, 『사랑은 언제나 서툴다』 등 10여권을 출간했으며, 동화집 『외톨이』를 내기도 했다.

받은 상으로는 흙의 문학상, 충청남도문화상, 현대불교문학상, 박용래문학상, 시와 시학상, 편운문학상, 한국시인협회상, 고운문화상 등이 있고 충남문인협회 회장, 공주문인협회 회장, 충남시인협회 회장, 한국시인협회 심의위원장 등을 역임했으며 현재는 공주문화원장으로 일하고 있다.

이메일주소 : tj4503@naver.com

나태주 시집

대숲 아래서

제5판   3쇄 2021년 4월 30일
제5판 발 행 2013년 10월 15일
제4판 발 행 1995년 분지출판사
제3판 발 행 1987년 청하출판사
제2판 발 행 1982년 성안당
제1판 발 행 1973년 예문관

지 은 이 나태주
펴 낸 이 반송림
편집디자인 김지호
펴 낸 곳 도서출판 지혜 • 계간 시전문지 애지
기획위원 반경환 이형권
주   소 34624 대전광역시 동구 태전로 57, 2층 도서출판 지혜(삼성동)
전   화 042-625-1140
팩   스 042-627-1140
전자우편 ejisarang@hanmail.net
애지카페 cafe.daum.net/ejiliterature

ISBN : 978-89-97386-67-3 03810
값 10,000원